Direction générale : Gauthier Auzou
Responsable éditoriale : Laura Lévy ; Assistante éditoriale : Juliette Féquant
Mise en pages : Alice Nominé
Responsable fabrication : Jean-Christophe Collett – Fabrication : Salima Hragui
www.auzou.fr

Dépôt légal : juin 2018

Le Magicien d'Oz

D'après le texte de Lyman Frank Baum
Illustrations de Katia De Conti

AUZOU

Dorothy, une fillette de douze ans, vivait heureuse avec son oncle, sa tante et son petit chien, Toto, dans une ferme au Texas.
Un jour, un cyclone se déchaîna. Elle se précipita à l'intérieur de la maison avec Toto. Le vent soufflait si fort que la maison quitta le sol et fut aspirée dans les airs, emportant avec elle Toto et Dorothy.

Quand finalement le vent se calma, la fillette ouvrit la porte. À sa grande surprise, elle découvrit un endroit magnifique, peuplé d'arbres et d'oiseaux. C'était le pays d'Oz ! Puis elle aperçut devant elle d'étranges petits lutins, appelés "Munchkins". Une belle femme apparut alors et s'adressa à elle :
« Bienvenue au royaume d'Oz ! Je suis la gentille sorcière du Nord !

– Oh ! Une véritable sorcière ? demanda la fillette avec effroi.
– Oui, au royaume d'Oz, il y a de vraies sorcières et de véritables magiciens. Oz est le plus puissant d'entre eux. Les deux méchantes sorcières sont celles de l'Ouest et de l'Est. Avec la sorcière du Sud, nous sommes gentilles. Nous te remercions tous chaleureusement car tu viens d'écraser avec ta maison la méchante sorcière de l'Est ! »

Alors, l'un des Munchkins fit remarquer qu'il ne restait de la méchante sorcière que ses souliers d'argent. La sorcière du Nord les ramassa et les offrit à Dorothy. C'étaient des souliers dotés d'un grand pouvoir magique ! La fillette remercia la sorcière, chaussa les souliers, et demanda comment elle pourrait rentrer chez elle.
« Seul le magicien d'Oz peut t'aider à sortir d'ici, répondit la sorcière. Prends le chemin pavé de briques jaunes jusqu'à la cité d'Émeraude, c'est là qu'il vit. »
Puis, elle déposa un baiser magique sur le front de Dorothy pour la protéger.

Accompagnée de son chien, Dorothy se mit en route. Par hasard, elle rencontra un épouvantail qu'on avait accroché en haut d'un tronc d'arbre pour éloigner les oiseaux d'un champ de maïs.
Dorothy le délivra et lui raconta qu'elle allait à la cité d'Émeraude pour solliciter l'aide du magicien d'Oz.
« Puis-je t'accompagner ? demanda l'épouvantail. J'ai toujours voulu avoir un cerveau. Qui sait, peut-être pourra-t-il m'aider également ? »
Dorothy, tout heureuse d'avoir de la compagnie, accepta avec plaisir.

En chemin, ils rencontrèrent un homme en fer-blanc.
« Où allez-vous ? demanda-t-il à Dorothy.
– À la cité d'Émeraude, pour parler avec le magicien d'Oz. Je veux rentrer chez moi, et l'épouvantail va demander un cerveau !
– Puis-je vous accompagner ? questionna l'homme en fer-blanc. J'ai toujours voulu avoir un cœur... »
Dorothy et l'épouvantail acceptèrent et, ensemble, ils reprirent la route.

Soudain, ils entendirent le rugissement d'un énorme lion. Celui-ci donna un grand coup de patte à l'épouvantail, renversa l'homme en fer-blanc, et essaya de dévorer Toto. Dorothy porta un coup sur la gueule de l'animal sauvage, et le traita de lâche pour oser s'attaquer à plus faible que lui. Le lion avoua qu'il avait peur des plus forts. Quand il apprit que toute l'équipe se rendait auprès du magicien d'Oz, il souhaita se joindre au groupe pour réclamer du courage. Tous acceptèrent le nouveau venu.

Ils marchèrent encore longtemps sur la route de briques jaunes et évitèrent de nombreuses attaques avant d'arriver au palais du grand magicien d'Oz. Ce dernier avait la particularité de prendre n'importe quelle apparence. Effectivement, il se présenta devant Dorothy sous la forme d'une tête sans corps. Devant l'épouvantail, il prit l'apparence d'une belle femme.
Il se transforma en monstre poilu devant l'homme en fer-blanc, et en boule de feu devant le lion peureux... Chacun lui fit part de sa requête, et le magicien leur répondit qu'il y accéderait à condition qu'ils fassent disparaître la sorcière de l'Ouest.

Les cinq compagnons partirent à la recherche de la méchante sorcière, mais cette dernière, qui voyait tout ce qui se passait dans son royaume, envoya ses singes volants pour les anéantir. Ils attaquèrent l'homme en fer-blanc, se jetèrent sur l'épouvantail, enfermèrent le lion peureux dans une cage et emportèrent Dorothy jusqu'au palais de la sorcière.

La méchante femme obligea la fillette à travailler pour elle ; elle voulait lui voler ses souliers magiques. Un jour, elle fut particulièrement méchante avec Toto. Furieuse, la petite fille lui lança un seau d'eau et, aussitôt, la sorcière se mit à fondre comme du sucre !

Dorothy délivra ses amis et, puisque la mission était accomplie, ils se servirent des singes volants pour retourner chez le magicien d'Oz.

Arrivés à la cité d'Émeraude, les cinq amis découvrirent que le magicien d'Oz n'était en fait qu'un petit homme qui maniait une grosse machine. C'était un imposteur ! Oz réussit tout de même à fabriquer un cerveau à l'épouvantail, un cœur à l'homme en fer-blanc, et donna une potion de courage au lion. Mais malheureusement, il ne savait pas comment ramener Dorothy auprès de sa famille. Tous avaient obtenu ce qu'ils souhaitaient, sauf elle...

Les amis décidèrent alors de demander de l'aide à la sorcière du Sud. Celle-ci expliqua à Dorothy que ses souliers étaient enchantés, et qu'il lui suffisait de battre trois fois des talons pour se rendre n'importe où dans le monde.
Dorothy prit congé de ses amis et de la sorcière, attrapa Toto dans ses bras, frappa trois fois des talons et s'écria : « Conduisez-moi jusqu'à ma famille ! » Immédiatement, elle se sentit emportée dans les airs et elle atterrit devant la nouvelle maison que son oncle avait construite. Dorothy se jeta dans les bras de son oncle et de sa tante et s'écria :
« Comme c'est bon d'être de retour ! »